827

VERS
DV
BALLET
DV
TRIOMPHE
DE LA BEAVTE.
DANCE PAR MADEMOISELLE.

A PARIS,

Chez MICHEL BRVNET, Imprimeur & Libraire
de Monseigneur le Dauphin, pres le Palais, à l'entrée
du Marché-neuf, au Lys-Fleurissant.

M. DC. XXXX.
AVEC PERMISSION.

VERS
DV BALLET
DV
TRIOMPHE
DE LA BEAVTE.

PREMIER RECIT,

de deux Amours montez sur le Cheual Peagze.

A Beauté, de qui nos apas
Ne font qu'vne foible peinture,
Nous a fait chercher icy bas,
Ou dans l'art, ou dans la Nature
Tous ces rares objets des yeux & des Esprits
Dont les nobles cœurs font épris.

La belle humeur, les agrémens,
Amour, la jeunesse, & les Graces,
Les charmes, les rauissemens,
Aujourd'huy marchent sur nos traces.
Et sous des fers dorez tiennent des Demi-Dieux
Que la gloire met dans les Cieux.

POVR MADEMOISELLE:

Representant la Perfection.

MOn front a de Iunon l'Auguste Majesté,
   Mon Ame a tous les dons qu'on admire en
   Minerue,
Et la Diuinité qui la Chypre conserue,
N'eut jamais tant que moy de grace & de beauté:
Mon sang de mille Dieux tire son origine;
On m'apelle parfaite, on m'estime diuine,
Et l'on ne peut rien mettre à ma comparaison;
Illustres Potentats de qui l'ame est charmée
   Du seul bruit de ma renommée
Pourriez vous soûpirer auec plus de raison?

Pour Mes-Damoiselles de Longueuille, de Bresé,
de Sully, de la Villauclers, d'Esteing,
& du Vigean.

Representans les belles Idées sous les noms d'Andromede,
Psiché, Leucipe, Didon, Lucresse,
& Zenobie.

ON a beau respandre des larmes,
Soûpirer, employer des charmes,
Faire des vœux, ou des sermens.
L'orgueil dont nostre ame est guidée
A nos plus illustres Amans
Ne promet du bien qu'en Idée.

Pour Messieurs le Comte de Brion, le Marquis
de Maulevrier, le Baron de Langeron,
& le Sieur de Verpré.

Representans les quatre Elemens.

AVX DAMES.

DIgnes Objets dont les beaux yeux
Blessent les hommes & les Dieux,

Voſtre gloire n'eſt pas commune :
Tout cede à vos apas charmans,
Vous diſpoſez de la Fortune,
Et commandez aux Elemens.

Pour Monſieur le Comte de Brion.

Repreſentant le Feu.

EN vain, belle Diane, vn excés de Rigueur
Vous rend inſenſible à ma flame ;
Amour ce Dieu puiſſant, qui regne dans mon cœur,
Veut en fin regner dans voſtre ame.
Ainſi pour vous inſtruire en l'art de bien-aimer,
Cognoiſſant qu'vn mortel ne pouuoit vous charmer,
Et fait vne Metamorphoſe,
Et pour vous bruſler ſeulement
Il me change en ceſt Element
Qui peut embraſer toute choſe.

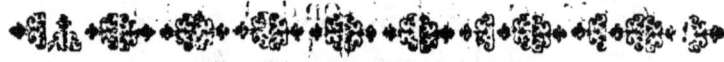

POVR MONSIEVR LE VIDAME.

Repreſentant la Nature.

Parlant à la Reyne.

IE n'ay plus rien de ces treſors
Dont ſe forment les plus beaux corps,

Il ne faut plus qu'on y pretende:
Objet de gloire couronné ;
C'est en vain que l'on m'en demande ,
Ie vous ay tout donné.

POVR MONSIEVR DE MEMON.

Repreſentant l'Art.

IL n'eſt point d'excellens Eloges
Que m'a grace n'ait meritez ;
C'eſt moy qui baſtis les Citez ;
C'eſt moy qui lime les Horloges ;
La Nature en mes nouueautez,
Admire toutes les beautez,
Où ſon antique ſoin ſ'ocupe ;
Et mes mains limitent ſi bien ,
Que par fois cette ſage Dupe
Prend mon ouurage pour le ſien.

POVR MONSIEVR LE COMTE
de la Rocheguyon.

Repreſentant vn Maiſtre des Mines.
CE n'eſt nullement l'auarice
Qui dans ce penible exercice

Me fait haʒarder aujourd'huy:
Puis que l'or d'vne treſſe blonde
M'eſt beaucoup plus cher que celuy
De toutes les Mines du Monde.

POVR MESSIEVRS LES MARQVIS
de Sillery, de Chandenier, & de Themines,
& les Sieurs Langlois & Iaquier.

Repreſentans des Mineurs.

A*Pres auoir montré nos mortelles attaintes*
Auec tant de ſoûpirs, de larmes & de plaintes
Aux ſuperbes Beautez dont nous ſommes épris,
Il faut pour ſatisfaire à leurs rigueurs extrêmes,
  Et triompher de leurs meſpris,
  Nous enterrer nous-meſmes.

POVR MRS LE DVC DE LVYNES,
& le Comte de Randan,

Repreſentans deux Folets.

AVX DAMES.

N*Ous fuyons la melancolie;*
  Mais ne vous moquez pas de nous
Si nous paroiſſons vn peu fous,
La ſageſſe eſt vne folie.

POVR

POVR MONSIEVR LE COMTE
de Rouſſillon,

Repreſentant vn vendeur de Poudre.

PVis qu'il faut faire vn iour entier
Ce pauure & mal heureux metier,
Amour, il faut bien ſ'y reſoudre,
Mes Riuaux n'en ſeront pas mieux:
Car ie ne porte de la poudre
Que pour leur en jetter aux yeux.

POVR MONSIEVR DE MEMON:

Repreſentant vne Vendeuſe de Gans.

BEauté dont mon Ame eſt charmée:
Belle Philis ſi vous m'aimez,
Ne craignez point d'eſtre enrumée:
Receuez de mes gands, ils ne ſont parfumez,
Que de la ſeule odeur de voſtre renommée.

B

POVR LE SIEVR HENAVT,

Representant vne Emailleuse.

Cloris, quel secret si nouueau
L'Art pourroit-il mettre en vsage,
Pour faire vn Email aussi beau
Que celuy de vostre visage?

POVR LES SIEVRS DE LA BARRE,
d'Arrets, & de Salnauue.

Representans les Graces.

COMMA LA REYNE.

Soleil que veid naistre le fleuue
Où se couche l'Astre du iour;
Reyne, en qui Minerue se treuue
Mere pudique d'vn Amour;
Si l'on void aujourd'huy les Graces
Se presser de suiure vos traces,
Ce n'est pas vne nouueauté;
Les Cieux nous firent l'ordonnance
D'accompagner vostre beauté
Dés l'heure de vostre naissance.

POVR LE SIEVR LALVN, ET
cinq petits garçons:

Representans la Belle humeur & les agrémens.

AMour, tu nous dois tes Autels ;
Nous donnons tous les coups mortels
Dont à faux titre tu te vantes,
Puis que l'on void beaucoup d'Amans
Resister aux Beautez puissantes
Et ceder à nos agrémens.

POVR MONSIEVR LE COMTE
de Sainct-Agnan.

Representant vn Maistre de Musique.

DIgne Chéf d'œuure en qui les Cieux
Ont assemblé tant de merueilles ;
Que ie contenterois d'orcilles
Sans les maux que me font vos yeux ;
Ie suis fort sçauant en Musique ;
Ie sçay mesler la Cromatique

B ij

Dans des Chants pleins de nouueauté.
Mais ô trop charmante Vranie !
Le Concert de voſtre beauté
Trouble toute mon armonie.

POVR LES SIEVRS BEAVBRVN,
Peguin & Barbereau.

Repreſentans vn Maiſtre à Dancer, vn de Guitere,
& vn de Luth.

LEs Philoſophes ſont bien fous,
De qui le caprice jaloux
Nous banniſt de leur Republique :
Quels crimes auons nous commis ?
Les Tygres ſeuls ſont ennemis
De la Dance & de la Muſique.

POVR Mʀꜱ LE MARQVIS DE ROVVILLE,
le Goix & ſainᵗ André.

Repreſentans des Indiens.

NOus auons enleué dans la ſource du jour
Les Beautez les plus rares
Qui puiſſent reüſſir à donner de l'amour
A des Ames auares.

O que les posseder est beaucoup s'asseruir!
Elles nous font courir fortune de la vie,
Car l'Europe en estant rauie,
Ne pense qu'à nous les rauir.

POVR LES SIEVRS HENAVT, ET BATISTE:

Representans deux Reuendeuses.

AVX DAMES.

NOus portons mille raretez:
Mais nostre richesse est petite
Si l'on compare son merite
Auec l'esclat de vos beautez.

SCENE

SECONDE.

RECIT DES CINQ SENS.

M Inistres des plaisirs,
Nous flatons les desirs
Des Ames aux corps prisonnieres;
Et par leffet de nos raports diuers
L'esprit en beaucoup de manieres
Comprend tout l'Vniuers.

Par nostre seul pouuoir
L'homme peut conceuoir
La beauté de beaucoup d'images;
Les fleurs, les fruits, les sons & la couleur,
N'estoient nos differens messages
N'auroient point de valeur.

La Raison quelquesfois
Sous de seueres loix,
Tient nostre puissance captiue.
Mais nostre apuy la maintient icy bas,
Sans nous le plus sage qui viue
Ne la cognestroit pas.

POVR MADEMOISELLE DE BOVRBON.

Representant l'Admiration.

IE suis l'Emant des yeux, & le tourment des cœurs,
Il n'est point de glaçons que mon esclat n'embrase,
Ie cause d'vn regard de mortelles langueurs,
Et rauis par ma voix tout le monde en extase,
Ou ma bouche, ou mes yeux, mon visage, ou mes mains
Produisent tous les iours des Miracles visibles:
Ils ostent le sens aux humains,
Et semblent le donner aux marbres insensibles.

POVR MES-DAMOISELLES DE ROHAN,
de Ramboüillet, de Vertus, de Sillery,
& de Faurs.

Representans les belles Cognoissances, sous les noms
de Polymnie, Clio, Melpomene, Thalie,
& Caliope.

Toutes les plus belles matieres
   Tombent sous le sens de nos yeux;
L'eau, la Terre, l'Air, & les Cieux,
Sont du ressort de nos lumieres;
L'Ignorance a pour nous l'Amour
Que les Hyboux ont pour le iour;
L'esclat de nostre esprit l'outrage,
Mais nous manquerons de pouuoir,
Ou nous ferons creuer de rage
Ce Monstre qui hait le sçauoir.

POVR

POVR MONSIEVR LE MARQVIS
de Tesmines, & les Sieurs Piçot, Barbereau, & Molier.

Representans les quatre Vents.

AVX DAMES.

CHefs-d'œuures, Miracles des Belles,
Gardez bien de blasmer noſtre legereté,
Au bout de l'Vniuers nous portons ſur nos ailes
Le renom de voſtre beauté.

POVR Mʀˢ LES COMTES DE BRION,
& de Fieſque:

Repreſentans deux Peintres.

AVX DAMES.

CHaque trait de noſtre pinceau
Merite vne gloire immortelle:
Et l'on n'a rien veu de ſi beau
Dans tous les Ouurages d'Apelle:
Mais l'éclat de voſtre beauté
Rabat bien noſtre vanité

C

Quand nous faisons voftre peinture
Et dans noftre rauiffement
L'Art confeffe tacitement.
Qu'il doit ceder à la Nature.

POVR LES SIEVRS BATISTE,
& Henaut.

Reprefentans deux Bourgeoifes qui fe font peindre.

PEintres fameux de qui l'ambition
S'ans ceffe aspire à la perfection,
Et met au iour des chofes immortelles.
Pour affranchir voftre nom du trespas
Vous n'auez rien qu'à ne nous flater pas,
Et nous peindre fort belles.

POVR LE SIEVR DE SOVVILLE.

Reprefentant vn Peintre ferieux.

A *Marille ne croyez pas,*
Que la force de vos apas

Puisse paroistre en mon ouurage.
Mais ô Miracle sans pareil!
Ie vay peindre vostre visage
Comme on peint l'éclat du Soleil.

* * *

POVR LE SIEVR DE LA BARRE.

Representant Mercure.

IE suis à la Beauté ce que l'ame est au corps :
Ie rends par mes faueurs les obiets adorables ;
Et n'estoit le secours de mes diuins tresors
Les plus rares suiets ne seroient pas aimables.
  Tout ce qui rauist & qui tuë,
  Tout ce dont vn cœur est charmé,
  Si mes celestes yeux ne l'auoient animé,
Ne seroit apellé qu'vne froide Statuë.

* * *

POVR MRS LE DVC DE LVYNES,
le Comte de Randan, le Marquis de S. Georges,
& les Sieurs Iaquier, S. André, & Lalun :

Representans des Extasiez.

AVX DAMES.

O *L'heureuse priuation*
  Que cause vne perfection

Qui par tout allume des flames!
Cét effet nous semble bien doux ;
Nos corps sont priuez de leurs ames :
Mais elles sont auecques vous.

POVR LES SIEVRS BEAVBRVN,
Barbereau, & Molier.

Representans la Magie d'Amour, & deux Immobiles.

Par vn charme secret qui trouble la raison,
   Et gouuerne a son gré l'esprit le moins docile ;
Aussi tost qu'on a beu d'vn amoureux poison
Le cœur demeure fixe, & le corps immobile.

POVR MESSIEVRS LES COMTES
de S. Agnan & de Coligny.

Representans deux paisans changez en Courtisans.

Nostre changement fait cognestre
   Combien l'Amour est vn grand Mestre,
Et qu'il fait souuent nostre Sort.
Car sans vne fatale veuë,
Nous aurions iusques à la mort
Fait la Cour à nostre Charuë.

POVR MRS LE COMTE D'ANDELOT
& le Marquis de Coligni.

Representans deux vieillards changez en verds-galands.

O *Que l'amoureuse Magie*
Est d'vne puissante energie!
En voicy des effets parlans.
Cét Art rajeunit toutes choses,
Il change les glaçons en roses,
Et les Vieillards en Verds-gallands.

POVR LE SIEVR HENAVT

Representant vn Poëte.

I *E sçay treuuer de belles choses*
Pour l'Amant & pour le guerrier.
Ie fais des guirlandes de roses,
Et des Couronnes de Laurier.
Ie n'ose parler à ma gloire,
Mais vn Heros, de qui l'Histoire
Reçoit son plus bel ornement,
Seroit bien capable de dire
Lequel vaut mieux d'vn monument
Fait de beaux Vers, ou de Porphire.

C iij

POVR LES SIEVRS HENAVT,
& Picot.

Representans vn chanteur & vne chanteuse
du Pont-neuf.

Noſtre voix charme les ennuys
Comme le chant d'vne Seraine ;
C'eſt cette douceur plus qu'humaine,
Qui contre le bord de ſon puys
Atache la Samaritaine.

POVR LES SIEVRS LALVN, PEGVIN,
& l'Anglois.

Representans des Amans deſeſperez.

Mour ne nous eſt pas propice,
Et nous n'auons plus de raiſon :
Cherchons vn Fleuue, vn précipice,
Quelque fer, ou quelque poiſon :
Car pour finir noſtre ſupplice
Il faut rompre noſtre priſon.

POVR MESSIEVRS LE COMTE DE
Fiefque, le Marquis de Maulevrier, & les Sieurs
de Souuille, & la Barre:

Reprefentans les Defirs temeraires.

Nous deuons prendre vn vol hautain
Dans vne ardeur defmefurée;
Si noftre trefpas eft certain,
Noftre gloire eft bien affeurée.
Icare aprocha du Soleil
Malgré le timide confeil
D'vne affection paternelle.
Conçeuons le mefme difcours;
Imitons-le dans nos Amours.
Il fit vne cheute mortelle:
Mais fon audace fut fi belle
Que l'on en parlera toufiours.

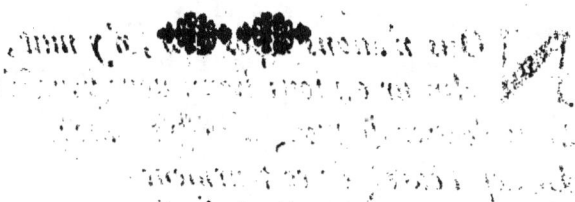

POVR MONSIEVR LE MARQVIS
de Maulevrier.

Repreesntant vn Temeraire,

*S*I i'osay trop en vous aimant,
I'en fus puny dés le moment
Que ie brulay pour vous, adorable Siluie :
Car dés lors ie vis bien, par voftre cruauté
Qu'en feruant vos beautés, la perte de ma vie
Seroit le iufte prix de ma temerité.

POVR MESSIEVRS LES COMTES DE
Rouffillon, de Coligny & de Chabot,

Reprefentant des Inquietez.

*N*Ous n'auons repos iour, n'y nuit,
Amour en tous lieux nous pourfuit
Sans donner de treue à noftre ame
Et c'eft l'excez de ce tourment
Qui nous rend pareils à la flame
Qu'on void toujours en mouuement.

POVR

POVR MESSIEVRS LE VIDAME,
le Marquis de Sillery, le Marquis de S. Georges, de Memon, Iaquier, & Molier.

Représentans des Cheualiers enflammez, portans
vn Phenix sur la teste.

Mour ne promet point de prix
Au dessein que nous auons pris,
Nous deuons bien seruir sans pouuoir rien pretendre.
Nos cœurs seront epris, ils seront enflamez,
Nous serons consumez:
Mais au moins des Soleils nous reduiront en cendre.

SCENE
TROISIESME.
RECIT DE LA IOYE.
A LA REYNE

IMAGE des Diuinitez,
Reyne que mille qualitez,
De tout point rendent acomplie:
O que de graces ie vous doibs!
En faisant vn Dauphin, vous m'auez establie
Dans le cœur du plus grand des Rois.

Princesse que tous les mortels
Iugent digne de mille Autels
Par mille Vertus immortelles,
Puis que vos charmes sont si dous
Ie fay vœu desormais, ô Miracle des Belles,
D'estre tousiours aupres de vous.

POVR MADEMOISELLE DE VANDOSME.

Reprefentant la Victoire.

D Ans l'orage cruel qu'efmeuent les guerriers,
Ie rends a mon abord toutes les ondes calmes,
Et marche à l'ombre des Lauriers
Dans vn Char tout femé de Palmes.

Sans moy les Titans enragez,
Dans le Ciel fe feroient logez,
Le rendant-l'Azile des vices.

Mortels peu cognoiffans, ou peu deuotieux,
N'auray ie point de facrifices,
Moy qui fais triompher les Dieux?

POVR MES-DAMOISELLES DE PRASLIN,
de Fruges, de Bonnetil, Defpeffes, de Saconet,
& d'Aubry.

Reprefentans les Criautez aimables, fous les Noms de
Pantafilée, Menalipe, Orythie Hypolite,
Antiope & Taleftris.

N Ous lançons des traits affez rudes
Pour faire de grandes douleurs;

Nous caufons les inquietudes,
Les cris, les foûpirs & les pleurs,
Mille Amans viuent miferables
Pour auoir reffenty nos coups:
Mais bien qu'ils fe pleignenr de nous
Ils nous treuuent toujours aymables.

POVR Mʀs LE BARON DE L'ANGERON,
Souuille, le Goix, & fainct André.

Reprefentans les quatre parties du monde.

AV ROY

ROY qu'vne rare pieté
Rend fi fort ennemy du vice;
Et de qui le bras indompté
Sert de fuport à la iustice.
Monarque adorable icy bas,
GRAND LOVIS, nous ne fçauons pas
Qu'elle loy là haut est efcrite.
Mais c'est le iugement de tous,
Que fi l'on fait droit au merite.
Nous deuons vn iour estre à vous.

POVR LE SIEVR DE VERPRE.

Repreſentant la Force chargée de fers.

I'Ay ſouſtenu le Ciel auſſi bien comme Athlas ;
I'ay finy les labeurs dont Hercule ſe vante :
Mais auiourd'huy les fers qui me chargent les bras
Font voir que contre Amour la Force eſt impuiſſante.

POVR MONSIEVR LE DVC
de Luynes.

Repreſentant vn Hercule filant.

O Secret des Deſtins qui m'eſtoit incognu !
O puiſſance d'amour fatale à ma memoire !
Ay-ie en tant de combas remporté tant de gloire
Pour me voir deſarmer par vn enfant tout nu ?
Apres auoir eſteint des Serpens effroyables,
Apres auoir domté des Geants indomtables,
Rauagé les Enfers & ſouſtenu les Cieux ;
Lors qu'il n'eſt point d'orgueil que ma valeur ne braue,
Ie ne puis reſiſter aux trais de deux beaux yeux ;
Et ie deuiens en fin l'Eſclaue d'vn Eſclaue.

D iij

POVR MONSIEVR LE MARQVIS
de Monglas.

Repreſentant Achille.

S I la Parque perfidement
De mes iours n'euſt coupé la ſoye,
Mon amoureux embraſement
Euſt empeſché celuy de Troye.

POVR MONSIEVR LE MARQVIS
d'Andelot :

Repreſentans Marc-Anthoine.

O' Nil que pour ſuiure ta Reyne
Ie m'aquis de honte & de peine !
I'en ateſte tous les Romains.
Anthoine deuoit il pas eſtre
Le Maiſtre de tous les humains,
Si l'Amour n'euſt eſté ſon Maiſtre ?

POVR MONSIEVR LE MARQVIS
de Chandenier.

Representant Roland.

I'Ay domté l'orgüeil de vingt Rois,
l'ay fait les destins & les loix
Et de l'Asie & de l'Afrique :
I'ay veincu dans mille combas.
Mais vn seul regard d'Angelique
M'a fait mettre les armes bas.

POVR MONSIEVR LE VIDAME

POVR LE PETIT SALNAVVE.

Representant la Sagesse.

QVe d'vne infernale vapeur
Il s'esleue mille tempestes,
Que le Ciel tombe sur nos testes,
Ie n'en auray iamais de peur.
La Fortune a beau tout destruire,
Ses coups tombent loin de mes yeux,
Sa Cholere ne sçauroit nuire
A la Fauorite des Cieux.

POVR MONSIEVR LE COMTE
de la Rocheguyon.

Repre$entant la Fortune.

I'Ay perdu cette humeur qui des $ceptres $e ioüe,
Et confond le malheur & la pro$perité:
Ie n'ay plus d'incon$tance & d'inégalité,
Les Vertus de LOVIS ont affermy ma roüe.

POVR MONSIEVR LE VIDAME

Repre$entant Poliphcme.

L'Amour retenoit ma malice
Auant que le $ubtil Vli$$e
Priua$t mon œil de la clarté.
Mais à quel point $e fu$t portée
Ma cruelle brutalité,
Sans le re$pect de Galatée?

POVR

POVR LES SIEVRS DE MEMON
l'Anglois & Molier.

Representans des Satyres.

Nous auons veu mille fois
La chaste Reyne des Bois
Parmy sa troupe fidelle;
Mais elle n'est pas si belle
Que la Reyne des François.

POVR MESSIEVRS LES COMTES
de Brion, de Fiesque, de Roussillon; & les Sieurs
de Souuille, le Goix, & Iaquier.

Representans trois Insensez & trois Insensées.

La raison ne gouuerne pas
Le cours incertain de nos pas,
Nostre langue ny nostre geste;
Mais si nous sommes innocens,
C'est au moins, vn poison celeste
Qui nous a fait perdre le sens.

E

POVR LES Srs DE VERPRE, S. ANDRÉ
Henaut, & Batiste.

Repreſentans vn vieux Gentil-homme, vn Bourgeois,
vn Iuge, & vn Païſan.

D'Vne puiſſance tirannique
L'Amour deſſous les meſmes loix
Renge le Noble, le Bourgeois,
Le Magiſtrat, & le Ruſtique.

REGIT DE LA BEAVTE
Suiuie de tout le corps de la Muſique.

IE ſuis vn homme l'œil de ces diuines choſes,
De qui le doux objet fait par tout des Amans,
Mon teint n'eſt compoſé que de lys & de roſes,
Et mes yeux ont l'eſclat des plus beaux Diamans,
Auſſi de tous coſtez alumant les Deſirs,
I'obtiens de mille cœurs des vœux & des ſoûpirs.

Amour sans ma faueur n'auroit point de puissance,
Ie suis de sa grandeur le premier fondement ;
I'establis en tous lieux sa douce violence,
Et chacun le reçoit à me voir seulement.
Aussi dans l'Vniuers, & là haut dans les Cieux,
Ie le fais triompher des humains & des Dieux.

F I N.

FIN

www.ingramcontent.com/pod-product-compliance
Lightning Source LLC
Chambersburg PA
CBHW060900180626
46818CB00004B/1802